青蛙弗洛格的成

图·文／（荷）马克斯·维尔修思

弗洛格和陌生人

—— 学会接纳与自己不一样的人 ——

湖南少年儿童出版社
HUNAN JUVENILE & CHILDREN'S PUBLISHING HOUSE

图书在版编目（CIP）数据

弗洛格和陌生人 /（荷）维尔修思（Velthuijs，M.）编绘；
亦青译. —2 版. —长沙：湖南少年儿童出版社，2008.1
（青蛙弗洛格的成长故事）
ISBN 978 - 7 - 5358 - 3060 - 9

Ⅰ.弗... Ⅱ.①维...②亦... Ⅲ.图画故事—荷兰—现代
Ⅳ.I563.85

中国版本图书馆 CIP 数据核字（2006）第 037591 号

策划编辑：谭菁菁
责任编辑：谭菁菁
装帧设计：陈姗姗
质量总监：郑 瑾

出 版 人：胡坚
出版发行：湖南少年儿童出版社
地址：湖南省长沙市晚报大道 89 号　　　　　邮编：410016
电话：0731－82196340　82196334（销售部）　82196313（总编室）
传真：0731－82196340（销售部）　　　　82196330（综合管理部）

经销：新华书店
常年法律顾问：北京市长安律师事务所长沙分所　张晓军律师
印制：湖南天闻新华印务有限公司
开本：889mm×1194mm　1/20
印张：1.4
版次：2006 年 6 月第 2 版　　印次：2011 年 4 月第 2 版第 21 次印刷
定价：4.80 元

版权所有　侵权必究
质量服务承诺：若发现缺页、错页、倒装等印装质量问题，可直接向本社调换。
服务电话：0731－82196362

铺设快活的长路

梅子涵

我在多少地方讲过这个青蛙的故事了？我都是笑着讲的，禁不住地快活；听的人也都是禁不住地笑，神情里净是快活。我们都不只是在笑绿色青蛙、粉嘟嘟小猪们的天真，也是吃惊一个孩子的长大间原来有这样丰富的人格题目要关切、这么多的心理小道要铺设，青蛙的故事一个个地说给我们听了！

真是说得让人赞叹！

我相信这样的书，是很多很多很多的年轻父母等候的。对的，等候！

因为你期盼了你的那个宝贝很健康、很优秀啊！

你想像里的他的路是应该很宽很宽，特别明亮的。

那么我们就从铺设好这一条条的小道开始，一起走到这些绿色和粉嘟嘟的故事里。孩子特别快活了，孩子也就特别容易明白。于是，特别健康、特别优秀、特别明亮……我们就都能看得见。

它们在很长的路的前面，并不远，而且是在中央。

—— 作 者 简 介 ——

马克斯·维尔修思1923年出生于荷兰海牙，2005年去世，享年81岁。他被认为是荷兰最伟大的儿童图画书创作人之一。"青蛙弗洛格的成长故事"系列图画书是他留给世界的"绝唱"式作品，被誉为是"简笔画世界的杰作"。该系列荣获过诸多重要奖项，包括荷兰的"Golden Pencil"大奖、法国的"Prix de Treize"大奖、德国的"Bestlist Award"大奖、并最终在2004年荣获"The Hans Christian Andersen Medal"（国际安徒生插图奖）。

有一天，一个陌生人出现了，他在树林边
搭了个帐篷。小猪第一个发现了他。

路上碰到小鸭和青蛙弗洛格，小猪兴奋地问："你们看到那个陌生人了吗？""还没呢！他长什么模样？"小鸭问。"我看呀，他是一只又丑又脏又狡猾的老鼠！"小猪很权威地说。"他到这儿来干什么？""对老鼠可要小心，他们专会偷东西！"小鸭也显得很有见识。"你怎么知道？"弗洛格问。"人人都知道这一点。"小鸭生气地说。

dàn shì fú luò gé bú nà me què dìng　tā xiǎng qīn yǎn qù kàn yí
但是弗洛格不那么确定，他想亲眼去看一
kàn　wǎn shang　tiān hēi le　fú luò gé kàn dào yuǎn chù yǒu yì tuán hóng
看。晚上，天黑了，弗洛格看到远处有一团红
sè de huǒ guāng　yú shì　tā jiù qiāo qiāo de cháo nà biān pá le guò qù
色的火光，于是，他就悄悄地朝那边爬了过去。

zài shù lín biān　 tā kàn jiàn le yì dǐng yòng jǐ gēn mù tiáo 　 yí kuài
在 树 林 边 ，他 看 见 了 一 顶 用 几 根 木 条 、一 块

jiù bù dā qǐ lái de lín shí zhàng peng
旧 布 搭 起 来 的 临 时 帐 篷 。

nà ge mò shēng rén zài zhàng peng wài rán qǐ yì duī huǒ　zhèng zài
那 个 陌 生 人 在 帐 篷 外 燃 起 一 堆 火 , 正 在
zhǔ chī de　hóng hóng de huǒ miáo yì shǎn yì shǎn　yí zhèn yí zhèn de
煮 吃 的 。 红 红 的 火 苗 一 闪 一 闪 , 一 阵 一 阵 的
xiāng wèi piāo guò lái　fú luò gé jué de　zhè yàng de yè wǎn hǎo wēn xīn
香 味 飘 过 来 。 弗 洛 格 觉 得 , 这 样 的 夜 晚 好 温 馨 。

第二天一见面，弗洛格就对大家说："我看到他了！""怎么样？"小猪问。"他看起来很和善。"弗洛格回答。"你还是小心点为好，"小猪说，"别忘了他是一只狡猾的老鼠。""是啊，"小鸭接着说，"老鼠可是又懒又馋的。我敢说，他不会干活，只会偷吃我们的食物。"

kě shì　shì qing bìng bú xiàng xiǎo yā suǒ xiǎng xiàng de nà yàng
可是，事情并不像小鸭所想像的那样。

lǎo shǔ yì zhí zài máng lù zhe　tā zhǎo lái yì xiē mù cái　dòng zuò shú
老鼠一直在忙碌着。他找来一些木材，动作熟

liàn de jù ya bào ya　hěn kuài jiù zuò chéng le yì zhāng zhuō zi hé yì
练地锯呀刨呀，很快就做成了一张桌子和一

bǎ yǐ zi　tā yě bìng bú xiàng xiǎo zhū shuō de nà me zāng　tā jīng
把椅子。他也并不像小猪说的那么脏。他经

cháng zài hé li xǐ zǎo　suī rán xǐ de bú shì nà me gān jìng
常在河里洗澡，虽然洗得不是那么干净。

yǒu yì tiān　　fú luò gé jué xīn qù bài fǎng lǎo shǔ　　lǎo shǔ zhèng yōu xián de zuò
有一天，弗洛格决心去拜访老鼠。老鼠正悠闲地坐

zài tā zì jǐ zuò de yǐ zi shang shài tài yáng　　nǐ hǎo　　fú luò gé yǒu hǎo de zuò
在他自己做的椅子上晒太阳。"你好！"弗洛格友好地做

qǐ le zì wǒ jiè shào　　wǒ shì qīng wā fú luò gé　　wǒ zhī dào　　lǎo shǔ shuō
起了自我介绍，"我是青蛙弗洛格。""我知道，"老鼠说，

wǒ kàn chū lái le　　wǒ bìng bú bèn　　wǒ néng dú　　néng xiě　　hái huì shuō yīng yǔ
"我看出来了，我并不笨。我能读，能写，还会说英语、

fǎ yǔ hé dé yǔ sān zhǒng yǔ yán　　fú luò gé tīng le fēi cháng chī jīng　　yào zhī dào
法语和德语三种语言。"弗洛格听了非常吃惊，要知道

jiù lián cōng míng de yě tù yě méi zhè me lì hai ya
就连聪明的野兔也没这么厉害呀！

zhèng shuō zhe　xiǎo zhū yě lái le　yí jiàn miàn　tā jiù qì chōng
正说着，小猪也来了。一见面，他就气冲

chōng de wèn lǎo shǔ　nǐ cóng nǎ er lái de　wǒ cóng nǎ or dōu
冲地问老鼠："你从哪儿来的？""我从哪儿都

kě yǐ lái　lǎo shǔ píng jìng de shuō　hǎo ba　nà nǐ wèi shén me bù
可以来！"老鼠平静地说。"好吧，那你为什么不

huí qù　lái zhè er gàn má　xiǎo zhū bèi jī nù le　zhè shì wǒ zì jǐ
回去？来这儿干吗？"小猪被激怒了。"这是我自己

de shì　lǎo shǔ hái shi hěn píng jìng
的事。"老鼠还是很平静。

　　　　　　wǒ dào guò hěn duō dì fang　　　lǎo shǔ jì xù yòng píng jìng de yǔ qì shuō
　　"我 到 过 很 多 地 方 ，"老 鼠 继 续 用 平 静 的 语 气 说，
　　wǒ fā xiàn zhè li hěn níng jìng　　shì yě yě hěn kāi kuò　　kě yǐ kàn dào dà hé　　wǒ
"我 发 现 这 里 很 宁 静，视 野 也 很 开 阔，可 以 看 到 大 河。我
xǐ huan zhè li　　xiǎo zhū shuō　　nǐ tōu le shù lín li de mù tou　　　nà shì wǒ
喜 欢 这 里。"小 猪 说："你 偷 了 树 林 里 的 木 头！""那 是 我
zhǎo dào de　　lǎo shǔ de biǎo qíng biàn de yán sù qǐ lái　　　shù lín li de mù tou
找 到 的，"老 鼠 的 表 情 变 得 严 肃 起 来，"树 林 里 的 木 头
shǔ yú měi yí gè rén　　　hng　zāng lǎo shǔ　　xiǎo zhū dí gu zhe　　shì de　shì
属 于 每 一 个 人！""哼，脏 老 鼠。"小 猪 嘀 咕 着。"是 的，是
de　lǎo shǔ tòng kǔ de huí dá　　dōu shì wǒ de cuò　lǎo shǔ yǒng yuǎn shì bèi zhǐ
的，"老 鼠 痛 苦 地 回 答，"都 是 我 的 错，老 鼠 永 远 是 被 指
zé de duì xiàng
责 的 对 象！"

弗洛格、小猪和小鸭一起去找野兔。小猪和小鸭说:"那只可恶的老鼠必须离开!他偷了我们的木头,对人也很没礼貌!""静一静,静一静,"野兔说,"他可能是和我们不一样,但他并没有做错什么。那些木头是属于大家的。"

cóng nà tiān qǐ　　fú luò gé huì dìng qī qù bài fǎng lǎo shǔ　tā men
从 那 天 起, 弗 洛 格 会 定 期 去 拜 访 老 鼠。他 们

yì qǐ zuò zài yǐ zi shang xīn shǎng fēng jǐng　lǎo shǔ hái gěi fú luò gé
一 起 坐 在 椅 子 上 欣 赏 风 景, 老 鼠 还 给 弗 洛 格

jiǎng yì xiē tā dào shì jiè gè dì lǚ xíng shí de jiàn wén
讲 一 些 他 到 世 界 各 地 旅 行 时 的 见 闻。

小猪不太高兴了，他对弗洛格说："你不应该总跟那只狡猾的老鼠在一起！他和我们不一样！"弗洛格不解地说："不一样？我们每个人都不一样啊！""哎呀，你怎么就不明白呢！"小鸭也急了，"我们是本地人，而老鼠是从外地来的！"

yǒu yì tiān xiǎo zhū zài zuò fàn shí yí bù xiǎo xīn guō li de
有一天，小猪在做饭时，一不小心，锅里的
yóu rán shāo qǐ lái hěn kuài huǒ shì màn yán kāi lái dào chù shì huǒ
油燃烧起来。很快，火势蔓延开来，到处是火
miáo zhěng gè fáng zi dōu shāo zháo le
苗，整个房子都烧着了。

小猪吓坏了，跑出屋子大叫："着火啦！快救火呀！"这时老鼠已经赶到了。他飞快地奔跑着，一趟又一趟地从河里提来水浇向燃烧的大火。火慢慢地小了下来，终于完全被扑灭了。

但小猪家的屋顶已经被烧光了。闻讯赶
过来的野兔、弗洛格和小鸭围着小猪呆呆地站
着，小猪现在无家可归了。可他不用太担心。第二
天，老鼠拿来了木头和工具，他爬上屋顶，忙
活起来。很快，房子就被修好了。

又一天，野兔到河边去打水，脚底一滑，掉进了深深的河里。不会游泳的野兔拼命仰起头，大叫："救命啊，救命啊！"老鼠听到呼救声飞快地赶了过来，他直接跳进水里，把野兔救了上来。

jīng guò zhè jǐ jiàn shì　dà jiā dōu màn màn xǐ huan shàng le lǎo shǔ　lǎo shǔ
经 过 这 几 件 事 ，大 家 都 慢 慢 喜 欢 上 了 老 鼠 。老 鼠

zài zhè li kuài kuài lè lè de shēng huó　kuài kuài lè lè de bāng zhù bié rén
在 这 里 快 快 乐 乐 地 生 活 ，快 快 乐 乐 地 帮 助 别 人 。

lǎo shǔ hái cháng cháng xiǎng chū xiē xīn qí de diǎn zi　 bǐ rú shuō　 zhào jí dà
老鼠还常 常 想 出些新奇的点子,比如说, 召集大
jiā dào hé biān yě cān　 huò zhě shì jìn shù lín zi li qù tàn xiǎn shén me de
家到河边野餐, 或 者是进树林子里去探险 什么的。

每当黄昏降临的时候，老鼠就给大家讲一些很刺激、很有趣的故事，有的是他听来的传奇故事，比如说龙的故事；有的就是他在各地旅行时的亲身经历。

kě shì yǒu yì tiān　fú luò gé yòu qù kàn wàng lǎo shǔ　què jīng qí
可是有一天，弗洛格又去看望老鼠，却惊奇
de fā xiàn lǎo shǔ yǐ jing shì yì shēn chū xíng de zhuāng shù　wǒ gāi zǒu
地发现老鼠已经是一身出行的装束。"我该走
le　lǎo shǔ shuō　wǒ kě néng huì qù měi guó　wǒ hái cóng lái méi qù
了，"老鼠说，"我可能会去美国。我还从来没去
guò nà er ne　fú luò gé tīng le　xīn li hěn nán guò
过那儿呢！"弗洛格听了，心里很难过。

fú luò gé xiǎo yā yě tù hé xiǎo zhū yǎn li hán zhe lèi shuǐ
弗洛格、小鸭、野兔和小猪眼里含着泪水，
yī yī bù shě de yǔ lǎo shǔ dào bié   yě xǔ yǒu yì tiān wǒ hái huì huí
依依不舍地与老鼠道别。"也许有一天我还会回
lái   lǎo shǔ yú kuài de shuō   dào nà shí   wǒ yào zài hé shang xiū yí
来，"老鼠愉快地说，"到那时，我要在河上修一
zuò qiáo
座桥。"

然后，老鼠在四个朋友的目送下，消失在山丘的那一边。"我们会想他的！"野兔叹了一口气。四个朋友心里空落落的，常常坐在老鼠留下的椅子上，一起怀念那只和善、聪明又乐于助人的老鼠，回忆与他共同度过的美好时光。

学会接纳与自己不一样的人

　　我们常常会碰到外表、性格和习惯跟自己不一样的人。这个时候，不要一味地排斥、疏远他（她），试着慢慢地观察和了解，你就会发现他（她）的优点。说不定最后你们能成为很好的朋友！

想一想

1. 老鼠出现以后，小猪和小鸭都有些什么反应？

2. 弗洛格是怎么对待老鼠的？

3. 发生了一些什么事情，让大家改变了对老鼠的看法？

试一试

　　你有没有特别不喜欢哪位小朋友？为什么？试着主动和他（她）玩一玩，也许会改变你的想法。